小耳朵

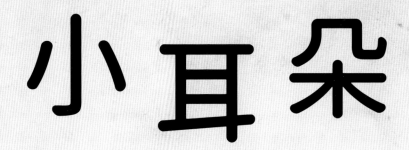

文 / 小石強納森、湯婷婷

圖 / 小石強納森

幽靜的兔子村莊裡，

住了一隻特別的小兔子。

看著鏡子，小兔子鼓起勇氣，

為自己做了一個重要的決定。

原來，在遙遠的森林裡，
有一位能實現任何願望的魔法師。

於是小兔子披上披肩，
獨自勇敢地踏上尋找魔法師的旅程。

在布滿大樹的草原，有一群高高的長頸鹿。
小兔子想問問他們是否有聽過那位強大的魔法師，
但是長頸鹿的脖子好長啊！
他們聽不到小兔子呼叫的聲音。

這時，一隻短脖子的長頸鹿靠了過來，
他正津津有味地嚼著發藍光的果實。

小兔子告訴他：「我在尋找住在遙遠森林裡
的魔法師，好把我的小耳朵變大。」

長頸鹿仰頭望了望長脖子的同伴們，
決定加入小兔子一起去找魔法師。

兩個夥伴來到了叢林，

許多猴子正在高處樹枝間輕巧地盪來盪去。

小兔子抬起頭呼喚，但是他們盪地好快啊！

一轉眼就去到看不到的地方了。

還好在不遠的樹下，坐著一隻有短手臂和
小手掌的猴子在打造木頭玩具。

小兔子說：「遙遠的
森林裡有一位偉大
的魔法師，我想請他
給我一雙大耳朵，
我的夥伴想要長脖子。」

猴子興奮地說：「聽說那個森林是在海的另一邊，讓我加入你們，一起搭乘我造的船去尋找魔法師吧！我也想讓手臂變長，手掌變大！」

於是三個夥伴搭上猴子建造的船，
乘風破浪地向遙遠的森林前進！

靠岸後映入眼簾的，是一座有巨大瀑布的高山。

昏暗的天色伴隨山那頭傳來的
巨大聲響，大家不由地緊張起來。

三個夥伴們在山洞前緊張地徘徊，

突然間山頂飛出一群噴火的巨龍！

等可怕的叫聲隨著巨龍遠去，
他們鼓起勇氣進入山洞！

山洞的深處傳來非常悅耳的歌聲！

小兔子一群往歌聲的方向前進，
發現是一隻巨龍正在快樂地唱歌。

巨龍停下歌唱，睜大眼看著三隻小動物。

小兔子趕緊說：「山洞後的森林裡住著一位魔法師，他有強大的魔法可以實現我們的願望。請不要吃我們，讓我們通過山洞吧！」

這隻只能唱歌的巨龍，其實也非常苦惱無法和同伴一樣張嘴噴火，所以他決定加入這個奇妙的組合，去尋找魔法師來改變自己的與眾不同。

他們走入森林，

正當不知該往哪裡去時，

四周忽然煙霧瀰漫……

魔法師揮舞著翅膀在一陣光芒中出現了！

小兔子一群還沒來得及開口，

眼前的景象就變得一片模糊。

在光芒裡，

巨龍看見火焰從口中噴射出來，
但那曾經美妙的歌聲
卻不見了。

猴子揮舞著長手臂，
飛快地盪在樹枝間，　卻失去了
建造器具的靈活功夫。

長頸鹿終於吃到高樹上的葉子，
卻再也無法品嚐矮山洞中獨有的
藍光果實。

小兔子呢？

他的小耳朵變大了，
終於變成和大家一般的模樣。

其實這一切都是魔法師使出的魔法，讓大家看見願望背後的真實模樣。

光芒退去，巨龍、長頸鹿和猴子明白了自身的與眾不同是多麼珍貴，而選擇保留他們原有的特質。

小兔子看看大家，
摸著自己的小耳朵認真地思考著……

小兔子回到村莊裡，
大家歡迎他的歸來卻也不免好奇地關心：
「魔法師的魔法沒有成功嗎？」

他露出微笑，
堅定地回答：

「成功了！」

國家圖書館出版品預行編目（CIP）資料

小耳朵 / 小石強納森，湯婷婷著.
— 第一版. — 臺北市：
天下生活出版股份有限公司，2021.04
32 面 ; 26×19 公分
ISBN 978-986-06101-5-4（精裝）

863.599　　　　　　　　110004553

小康健 007

小耳朵

作　　者 / 小石強納森、湯婷婷
排　　版 / 陳俐君
責任編輯 / 林惠婷

發 行 人 / 殷允芃
總 經 理 / 梁曉華
總 編 輯 / 林芝安
出 版 者 / 天下生活出版股份有限公司
地　　址 / 台北市104南京東路二段139號11樓
讀者服務 / (02) 2662-0332　　　　　傳真 / (02) 2662-6048
劃撥帳號 / 19239621天下生活出版股份有限公司
法律顧問 / 台英國際商務法律事務所　羅明通律師
製 版 廠 / 彩峰造藝印像股份有限公司
印 刷 廠 / 科樂印刷事業股份有限公司
裝 訂 廠 / 聿成裝訂股份有限公司
總 經 銷 / 大和圖書有限公司　　　　電話 / (02) 8990-2588
出版日期 / 2021年4月第一版第一次印行
　　　　　2021年5月第一版第四次印行
定　　價 / 360元

ISBN：978-986-06101-5-4（精裝）
書號：BHHK0007P

直營門市書香花園　地址 / 台北市建國北路二段6巷11號　電話 / (02) 2506-1635
天下網路書店　　shop.cwbook.com.tw
康健雜誌網站　　www.commonhealth.com.tw
康健出版臉書　　www.facebook.com/chbooks.tw

更多作品請上
小石家童畫世界

小石強納森

出生於香港，在美國夏威夷長大。

從小熱愛畫圖創作，考試的內容從來不重要，但考卷背面永遠布滿了塗鴉。

美術系畢業後，曾任職於多家知名電玩遊戲公司，參與多個遊戲製作。

2014年為了太太與最愛喝的珍珠茉奶移居台灣，兩年後女兒出生，有了創作兒童繪本的念頭，希望能成為讓女兒驕傲的爸爸。

湯婷婷

喜歡按牌理出牌，鍾情收納，甚至連隊伍都要90度角對齊擺放的標準控制狂。

2016年女兒的出生為人生帶來巨大的改變，逐漸放下凡事追求完美的執著，開始真心擁抱為人母後所有的混亂以及言語不能形容的快樂。

熱愛與女兒一同唱歌與共讀，創造彼此專屬的溫暖回憶，在先生強納森的大力遊說下，參與人生第一本繪本創作。

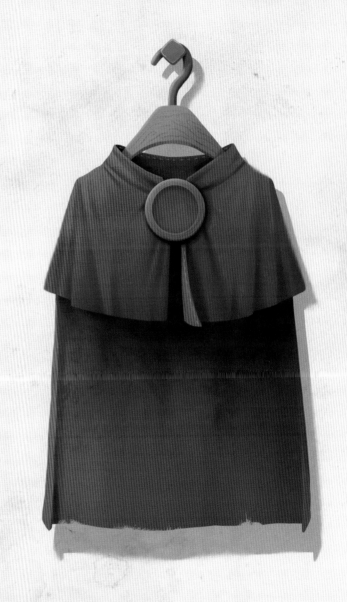